The Flute Player

La Flautista

A Richard Jackson Book

The Flute Player

La Flautista

story by Robyn Eversole
pictures by G. Brian Karas

ORCHARD BOOKS • NEW YORK

Para José A. y Beatriz De la Vía
y sus nietos and for Jean and Joy

Y con gracias a Jean Chittenden—R.E.

In memory of Elizabeth—G.B.K.

Orchard Books, 95 Madison Avenue, New York, NY 10016

Manufactured in the United States of America. Printed by Barton Press, Inc. Bound by Horowitz/Rae. Book design by Mina Greenstein. The text of this book is set in 14 point Melior. The illustrations are rendered in acrylic, gouache, pencil, and collage and reproduced in full color. 10 9 8 7 6 5 4 3 2 1

Library of Congress Cataloging-in-Publication Data
Eversole, Robyn Harbert. The flute player = La flautista / story by Robyn Eversole ; pictures by G. Brian Karas. p. cm. Summary: When a flute's owner believes it to be in need of repair, a little girl blows out butterflies, an owl, two fish, a nightingale, green leaves, and a great bunch of goose feathers. ISBN 0-531-09469-3. ISBN 0-531-08769-7 (lib. bdg.)
[1. Flute—Fiction. 2. Music—Fiction. 3. Spanish language materials—Bilingual.] I. Karas, G. Brian, ill. II. Title. III. Title: Flautista. PZ73.E87 1995 468.6′421—dc20 94-45922

On the fifth floor of an old building
the flute player played her music.

En el quinto piso de un edificio viejo
la flautista tocaba su música.

On the fourth floor two old people
kept hearing the whistling
of a cold wind passing
through their room.

En el cuarto piso dos viejos
oían el silbar
de un viento frío soplando
por las rendijas.

On the third floor a woman from the seashore
heard the wild crying of gulls
calling to her from her sea
hundreds of miles away.

En el tercer piso una mujer oía
el gritar de las gaviotas
recordándole de su mar querido,
su mar lejano.

On the second floor a boy heard a ghost
wailing and moaning
in its scary dark ghost-lair
upstairs.

En el segundo piso un niño oía
el gemir temible de un fantasma
que vivía allí en el piso alto.

On the first floor, where nobody sang
and the windows stayed shut against birdsongs,
a little girl heard nothing but quiet.

En el primer piso una niña
no oía nada de afuera.
Las ventanas estaban bien cerradas
contra las canciones de las aves,
contra la música del viento.

Too far away for the girl to hear,
the flute player played songs of the forest
and songs of the sky,
songs of the meadows
and songs of the sea.
All day and all night

La niña no oía a la flautista
allí arriba en el quinto piso
tocando canciones del bosque
y del cielo,
canciones de las praderas
y del mar
todo el día y toda la noche

until one day
when the flute player blew . . .

hasta un día
cuando la flautista sopló . . .

and nothing happened.
She blew again.
Nothing happened.

❦❦❦❦❦❦❦❦❦❦❦❦❦❦❦

no pasó nada.
Sopló otra vez.
No pasó nada.

So she put on her gray overcoat
and went to find someone to fix her flute.

*La flautista
se puso el abrigo gris
y fue a buscar un reparador de flautas.*

Downstairs, the little girl was going outside to play.
"Hello," she said to the flute player.
"What a pretty flute you have!"

En el primer piso la niña estaba saliendo para jugar.
"Señora," dijo la niña.
"¡Qué flauta más bonita tiene usted!"

The flute player had never shown her flute to anyone.
But she let the little girl hold it.
"May I play it?" the little girl asked.
"You may try," the flute player said.
"But this flute doesn't want to play."

&&&&&&&&&&&&&&&&&&&&&&&&&&&&&&&

La flautista
nunca había mostrado su flauta a nadie.
Pero le entregó la flauta a la niña.
"¿Podría yo tocarla?" preguntó la niña.
"Puedes intentarlo," dijo la flautista.
"Pero esta flauta no quiere tocar."

"Don't worry. I'll blow hard,"
said the little girl.
She blew into the flute. She blew very hard.

"No se preocupe," dijo la niña.
"Voy a soplar con fuerza."
Ella sopló en la flauta. Sopló con mucha fuerza.

Out came a long stream of yellow butterflies.
"What's this!" the little girl said.

✠✠✠✠✠✠✠✠✠✠✠✠✠✠✠✠✠✠✠✠✠✠✠✠

De la flauta salieron unas mariposas amarillas.
"¡Qué es esto!" dijo la niña.

She blew again. Out came
a little owl—
from all the night songs

Sopló otra vez. De la flauta salieron
un buho pequeño—
de las canciones de la noche

two fish—
from the sea songs

dos peces—
de las canciones del mar

a nightingale and green leaves—
from the forest songs

un ruiseñor y algunas hojas verdes—
de las canciones del bosque

and a great bunch of goose feathers—
from the songs of the autumn sky.

y una gran cantidad de plumas de ganso—
de las canciones del cielo en otoño.

"No wonder my flute wouldn't play!"
said the flute player.
"It was all clogged up."
The girl handed her the flute.
The flute player blew

❧❧❧❧❧❧❧❧❧❧❧❧❧

"No era extraño que mi flauta no quiso tocar,"
dijo la flautista.
"Estaba bien atorada."
La niña le entregó la flauta a ella.
La flautista sopló

and out came a strong wind blowing
the butterflies
the owl
the fish
the nightingale
the leaves
and the feathers
every which way.

y salió un viento fuerte que desparramó
las mariposas
el buho
los peces
el ruiseñor
las hojas
y el plumaje
por todas partes.

And then, out came the music.

Y entonces vino la música.

The wind stopped
and the nightingale fell into the flute player's hand.
She gave him to the girl,
who smiled when the nightingale sang.
"Now you will always have music,"
the flute player said.

⚘⚘*⚘*⚘*⚘*⚘*⚘*⚘*⚘*⚘*⚘*

*El viento cesó de soplar,
y el ruiseñor cayó en la mano
de la flautista.
Ella le dio el ruiseñor a la niña,
y el ruiseñor empezó a cantar.
"Ahora tendrás siempre la música,"
dijo la flautista.*

The flute player went upstairs.

La flautista subió la escalera.

She saw the owl flying into the second-floor apartment.
The owl hooted like a ghost,
but it was not.
It was a little owl, and not scary.
The owl stayed with the boy from then on.

En el segundo piso vio el buho
entrando por la puerta del niño
ululando como un fantasma.
Pero no era un fantasma.
Era un buho pequeño, y no daba miedo.
El buho todavía vive con el niño.

On the third floor the fish
had fallen into a watering can.
When the woman found them,
she put them in an aquarium.
Now she had her own small sea.

En el tercer piso los peces
habían caído en una regadera.
Cuando la mujer los encontró,
los puso en un acuario
para hacer su propio mar pequeño.

The goose feathers were piled
in the old people's doorway
on the fourth floor.
The old woman used them to make a quilt
to keep out the chilly wind.

*Las plumas de ganso estaban amontonadas
frente a la puerta de los viejos
en el cuarto piso.
La vieja cosió una colcha calientita
para abrigarse del viento frío.*

From the fifth-floor window
the flute player saw the street
full of yellow butterflies.

✿✿✿✿✿✿✿✿✿✿✿✿✿✿✿✿✿✿✿✿✿

De la ventana del quinto piso
la flautista vio la calle
llena de mariposas amarillas

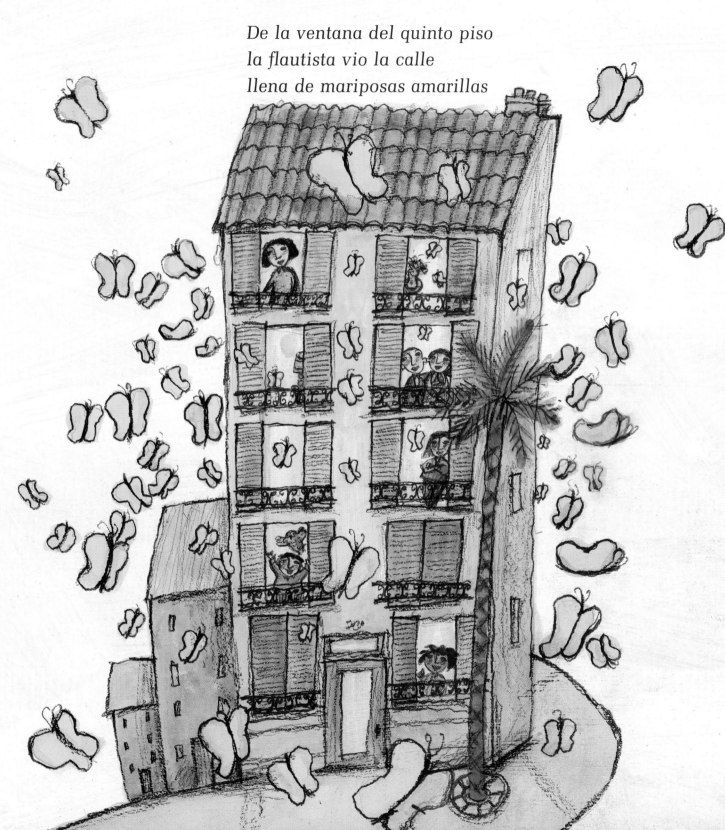

And she began to play the songs of the forest,
songs of the sky,
and songs of the sea.
All day and all night.

Y empezó a tocar las canciones del bosque,
las canciones del cielo,
y las canciones del mar.
Todo el día y toda la noche.